URBAIN MÔ

LE MASQUE
DE CRISTAL

1925

Aux Éditions de la Caravelle

Le Livre et l'Image

4 et 6, Rue Bezout

PARIS

Le Masque de Cristal

DU MÊME AUTEUR

Pour Paraître prochainement :

VERS

La Mort du Scorpion . . . . . .   1 volume
Poèmes : Le Navire ensorcelé — Les
autres Cythères — Le Cyclône de
sang — Des Ailes au Casque, au
Caducée et à la Sandale — Le Palmier de Corail. . . . .   1 volume

PROSE

Roi de Laya, roman du Vieux-Port
et de Saint-Jean . . . .   1 volume
Atys retrouvé . . . .   1 volume
Le Feu follet sur la Dune . . . .   1 volume
Autour du Cap sensible. . . . . .   1 volume

En Préparation :

Peau-d'Œuf. . . . .   1 volume
La Gloire efface tout. . . . . . .   1 volume
La Prière au Nénuphar . . . . .   1 volume

URBAIN MÔ

LE MASQUE

DE

CRISTAL

AUX ÉDITIONS
de " LA CARAVELLE "
— Le Livre et l'Image —
6, RUE BEZOUT, 6
PARIS

O Masque de cristal inutile et vain
mais qui suggères de la pensée transparente,
regarde avec tes yeux nacrés par le soleil
notre obscure vie.

Si tu t'attaches à la rue pluvieuse,
tu tressailleras d'une lumière de pitié
devant une foule immense et triste qui se heurte
et tant de véhicules pressés !

Si tu t'illumines
des flammes trop rouges de l'usine,
ne t'écaille pas
au choc des marteaux
qui font sonner les rails de fer.

Si tu reflètes nos pauvres âmes,
vois monter à leur surface
leur ferveur de l'infini,
et distingue dans leurs ombres
un peu de l'arc-en-ciel qui s'irise sur toi!

O Masque de cristal plus léger que des yeux
et plus pur que les cieux eux-mêmes,
je t'ai noué sur mon visage
de la même essence que toi!

A travers l'Ogive arabe

I

Leïlah

Où es-tu, ô Leïlah
qui donnes fièvre d'amour?

Je te suivais des yeux dans ta cour mauresque,
j'entendais sonner tes bracelets d'argent
cependant que les rhaïtas
chantaient les ivresses alanguies
et criaient dans la nuit.

Je viens pour caresser ton sein
qui s'est épanoui comme une fleur mûre,
et je te cherche sur les quais de la sonore Alger.
J'ai soif comme un palmier égaré dans le sable,
et une mosquée est peinte dans mon rêve !

Où es-tu, ô Leïlah ?

Il passe dans mes yeux des monts de maisons blanches,
et je sens l'accablement d'un soleil trop brûlant.

Tu dors, ô Leïlah,
comme le navire ailé
qu'une eau débordante de lumière
immobilise dans son mirage ;
et tu respires longuement
ainsi qu'après avoir dansé
dans l'ombre de ta maison bleue.

Ne t'éveille pas, ô Leïlah ;
je voudrais être ton souffle
ou le songe qui passe dans ton esprit
éclairé par Schéhérazade.

Même si sur le port
un Espagnol exilé
entonne sa sérénade,
ne t'éveille pas.

Où es-tu, ô Leïlah,
qui donnes fièvre d'amour?

Vogue sur des mers aux poissons familiers
qui tournent dans des cages de corail,
et énerve ton corps
dans l'étreinte d'une image.

Tu as, pour te bercer,
mon geste de passion
et ma chanson fredonnée
hélas ! européenne;
mais aussi, tout là-bas,
sous des lanternes ciselées
qui pendent,
un chœur de marabouts
dont le chant sans répit, morne et mélancolique,
fuit la mosquée et monte aux nuits pâles d'Afrique !

II

Le Vieux Maure

Pour William Craggs.

Va, vieux Maure, danse sur ta natte.
Je vais te dire combien j'aime ton mouvement de roulis
et le rythme de tes maigres pieds nus.
Le Christ et Mahomet ont passé devant ta porte;
tu les as écoutés
comme les petites cordes qui pleurent;
mais tu ne t'es pas dérangé de ta danse,
et tu as continué d'élever le grand tamtam de cuir

comparable à un van,
que tu frappes encore de ta main de bronze...
Va, vieux Maure, danse sur ta natte.

Je ne suis pas de ceux qui te sentent vaincu
par l'occident, noir d'usines funèbres.
Seule l'ombre violette, doucement ardente,
attise le pas menu
que tu prolonges.

Eh ! oui, l'instant n'est qu'un regard sur soi,
rien qu'un semblant d'arrêt de la pensée surprise.
Or, toi qui sais que le temps n'est qu'un long présent,
et qui préfères à ce qu'on croit réel le mirage,
tu danses, tu danses sur ta natte
avec l'Oubli.

Il erre autour de toi, se mêlant à Demain,
et ton tamtam rend des musiques séculaires
toujours les mêmes depuis l'ère
du monde...
Tu danses, et je suis heureux d'être seul à t'aimer,

moi, homme du lointain.
Va, vieux Maure, danse sur ta natte.

Comme si c'était trop de bonheur,
trop de langueur orientale,
qui donc voudrait casser les cordes pleureuses
et rendre le cuir muet?
Mais, va, je suis là, comme la fleur qui se penche
par-dessus le mur, à regarder
ton bronze vivant qui se balance
au vent; — et je t'aime, et je t'admire
parce que tu es enfant et ancêtre à la fois,
parce que je subis ton rêve, et que je bois
dans ma tasse d'azur ton essence naïve.

... Mais le tamtam s'est tu sur la façade bleue :
Tu vas te reposer, vieux Maure,
comme un nénuphar sur l'eau.
L'ombre que le soleil allonge et fait plus douce,
Le songe qui voltige en un ciel vague
qui nous reste inconnu,
de toi vont faire un faible et comme une victime...

Non ! tu te réveilleras parfumé, énervé,
Beau vieillard sculpté par la brise,
et tu danseras sur ta natte
avec ton tamtam soulevé,
à l'heure où mon amitié viendra, sans hâte,
s'accroupir près de toi dans l'ombre du café.

III

Dans l'Oasis

Je ne rencontre jamais que des lions
exilés et prisonniers,
des lions aveugles et tenus en laisse
dont j'ai pitié,
et dont les musulmanes superstitieuses
peignent, en passant, la crinière,
pour porter bonheur.

Pays mystérieux et trop grands pour le cœur !
Cités basses qui ouvrent des portes rondes
et émaillées,
vers l'infini des sables ;
Ouarglas faites de dômes blancs et de cubes blancs
entre des millions de palmiers jaillis vers l'azur !...

Je goûte aux dattes fondantes,
et le soir,
je regarde les palmes
pareilles à de fantastiques plumes
se renverser dans l'oued
et s'éployer près d'une grosse étoile
qui brille tout en bas,
en arrière de l'eau profonde !

Mais à cette heure solitaire et enivrée,
j'aimerais quitter l'oasis verte ;
comme un lion libre et fier
je marcherais dans le Désert ;
je gagnerais la plus haute roche inerte,
et là, dominant l'océan de la mort et du vide,
ivre d'enchantement, mon âme rugirait
vers la lune tranquille au fond du ciel numide !

II.

De l'Or sur la Proue

IV

Chanson de bord

Qu'il fait doux sur la mer calmée !
Vogue mon voilier, frère de l'albatros !
Ma maîtresse est au pays de Galles
avec son frère mineur de son métier.

Je n'ai qu'un foulard de soie
où est peint un cuirassé,
mais je conserve dans ma Bible,

entre les pages du souvenir,
une fleur sèche d'aubépine.

J'aime ma mère,
j'aime mon père,
j'aime le chemin noir de la mine
et le home de briques :
je connais un bar où l'on danse la gigue,
et où, sur la porte,
flotte le pavillon anglais.

On se croirait encore, quand on est ivre,
sur un plancher de paquebot,
et l'on va porter des fleurs
à madame l'Inconnue !

Mais, ce soir, que la lumière est douce sur la mer calmée !
Le soleil va sombrer,
ostensoir d'or suspendu sur les mondes !
la mer est toute d'or aussi,
et, sur cet immense plateau d'or,
notre navire
est présenté à Dieu
par de puissantes mains invisibles !

V

Conte du Vent

Le vent qui voyage à l'aise,
sans contrainte,
qui vient on ne sait d'où et va sans savoir où,
me conte, ce soir encore, la détresse d'un Hindou
qui était peut-être mage ou psylle,
et devait avoir fumé l'opium, lentement,
allongé dans une cellule de pagode.

Non, il ne rêvait pas alors sous des tentures de soie
brodées de fleurs de songe et de soleils étranges,

car il était à Marseille, si loin du Gange,
perdu dans une nuit de mistral...

Il errait à travers d'immenses terrains vagues
mal éclairés,
et son vêtement bleu,
léger,
battait sa peau.

Le vent soufflait avec fureur, sec et glacé.
C'était un de ces vents issus du bout du monde,
un de ces vents dont on redoute
qu'ils ne deviennent éternels !

Nous voyagions sous des millions d'étoiles;
L'Hindou aborda les seuls passants
dont j'étais.

C'était un dieu de bronze
et comme un prince énigmatique d'Orient
qui, vu à la lueur des allumettes que le vent
venait éteindre au creux des mains,
tremblait de froid.

Et partout au large des terrains vagues et des docks noirs !

L'Hindou parlait des langues inconnues.
Qu'il fût perdu, c'était sûr.
Il suppliait avec ses mains,
avec des cris de petit chien sans mère;
il nous étreignait comme des bouées...

Ah ! il ne voulait pas mourir
ni se laisser ensevelir
loin des bûchers qui brûlent
les morts de son pays à l'ombre des palmiers !

Il répétait le nom de son navire
mais nous ne le comprenions pas.

Nous étions seuls au monde,
seuls, égarés en des faubourgs de ville endormie,
glacée de vent sous tant d'étoiles
qui regardaient en nous des gens désespérés.

Pourtant, sur la route, au loin, très loin,
un falot doucement venait.
C'était celui d'un fiacre vide.
Le cocher avait peur
mais il stoppa quand même
quand il nous vit si bons

avec l'Hindou
que nous lui confiâmes jusqu'à son bord,
car lui, le cocher, avait vu
le fastueux steamer anglais.

Et dans le fiacre qu'on s'était cotisés pour payer,
l'Hindou partit après nous avoir embrassés
vers l'ancre d'espérance
et les cabines d'acajou où tout est clair et chaud.

Oh ! dans mon souvenir, roule toi aussi, voiture perdue,
avec ton falot de nacre, et ton cocher,
et ton Indien,
roule vers le paquebot
dont les quatre mâts penchent dans la nuit !...

VI

L'Accordéon

C'est un accordéon qui geint sur le navire,
et qui brusquement virtuose,
tombe amoureux :

Les étoiles sont dans le ciel à l'écouter
et la sirène du vapeur se taît
pour ne pas troubler sa voix divine.

Minuit sur les côtes de Sicile !
Les passagers

qui ne dorment pas se recueillent
et se laissent bercer
par l'accordéon qui suffoque et qui souffre,
éclate de bonheur
et languit.
Ainsi va sur la mer nocturne
un peu de cendre du Vésuve,
et s'exalte un cœur de lazzarone
mal couché sur le pont qui tremble.

Ah ! pendant que l'accordéon
console cet infortuné
et propage son emprise jusqu'aux vagues,
s'en aller, s'en aller en pleine nuit
est un délice triste ;
s'en aller ainsi
dans un infini
et toujours dans un magique cercle d'eau
au bord duquel monte la lune !...

VII

L'Enchantement du Vendredi Saint

Il pleut sur Jésus mort,
il pleut sur la falaise,
sur le voilier en pleine mer,
sur le chemineau hirsute.

Tout le village dort
sous la fine pluie qui tombe
sur les toits, et plus bas, dans la rue
qui, elle, ne luit pas.

— 31 -

Oh ! ce vendredi saint
glacé de pluie amère
sur le bronze des cloches
qui ne vibrent pas !

Un oiseau chante à peine
dans un pommier qui blanchoie
et que le vent égoutte sur le grand Jésus mort
et sur sa croix de bois.

Et moi je pleurerais
comme une femme
sur le cœur de qui pèse un secret...

Ah ! regarder mourir un œillet
au bord d'un vieux calice !
Dans l'âtre qui tantôt brillait,
Dieu ! que la cendre glisse !...

Comme il fait gris dehors,
sur la mer, sur le port,
sur les toits,
sur Jésus mort !...

VIII

Pauvre Pêcheur

Ce soir je songe à la balancelle
que le vent harcèle
loin ces phares ardents gemmés à leurs cimiers,
parce que l'air s'est calmé sur la mer claire
où se rallume et danse une lumière
que le ciel n'a déjà plus.

Les pêcheurs qui s'attardent au large m'émeuvent,
et je vois, croisant leurs fichus,

des veuves
en toilettes de deuil, neuves.
Hélas ! c'était la tempête, il y a huit jours !...

Mais ce soir !...

Oh ! ce soir, je voudrais être
une petite Madone en plomb
dont un marin serait le maître,
ou bien une maille de ton filet,
à toi, pauvre pêcheur qui, de la rade,
les pieds perdus dans ton bateau,
ayant lâché tes rames,
regardes
la nuit qui tombe sur Marseille.

Tu contemples la ville immense
fondante dans les ombres,
et qui n'apparaît plus massive
au fond d'un horizon d'incertitude,
ses clochers et ses mâtures
s'effilant sur la grande lune fumeuse...

Ah ! vivre tout là-bas dans des architectures !...
Ah ! s'ennuyer dans un roulis de souvenirs !...

Tu oscilles,
tu oscilles longtemps comme une lampe.
Si tu es vacillant tu n'es pas un vieillard,
car le vent des mers a gonflé ta carrure
et fait couler abondance de sang
sous tes tatouages bleus.

Donne-moi le poisson d'or,
le poisson de saphir et celui de corail,
le poisson d'émeraude et la lucrèce
qui porte sur l'écaille des losanges violets.

Je tends les mains, de loin, vers ces trésors
qui ne vivent plus,
que tu respires,
qui oscillent avec toi dans leur infini cercueil d'air.

IX

Le Long du Quai

Je veux vivre une heure harmonieuse
soit qu'elle pleure soit qu'elle chante
dans les soirs de lune
où l'irréel bleuit.

Parce que, seul devant la mer aux vagues lentes,
je mesure à leur marche graduée
mon émoi.

Quiconque peut s'éprendre de vos morts lumineuses,
poissons qui ployez le filet,

éveillant la chanson joyeuse,
sur le quai,
des filles brunes...

Or, je m'exalte à vos misères
d'êtres au dernier soubresaut
tandis qu'un clair de lune s'avère
sur vos formes et dans vos yeux jamais clos.

Vous êtes les invisibles apparus,
étoles et nimbes d'icônes,
mages constellés,
princes charmants en pourpoints roses,
samouraïs et almées,
ô vous les chétifs,
les insinuants et les fortifiés,
les prisonniers des transparences !

C'est pourquoi je cherche où vont dans la nuit et sur la
[mer,
dans l'eau éternelle,
vos petites âmes coruscantes,
cependant que là-bas derrière du brouillard,

au milieu d'un antre où se multiplient les lampes,
les filles de bar
chantent
en lutinant les mousses blonds...

X

En Barque

Cette nuit le Loiret stagne sous les étoiles;
il est pour l'ombre un beau miroir d'eau morte.
Nous voguons dans l'obscurité,
c'est doux...

Pourtant je ne sais quels lutins hantent les rives,
quelles lampes brûlent sous des branches avancées,
ni quels oiseaux de nuit animent les peupliers
qui se dressent...

Nous sommes des errants et des extasiés;
le rythme du tolet qui nous crisse à l'oreille,
nous l'écoutons sans voir le geste du rameur.
Nous filons,
nous glissons devant des silhouettes de guinguettes
où l'on rit le dimanche au choc des gobelets;
et j'ai peur sous de très hauts feuillages confus;
j'ai peur du tolet et de ce fond de barque
dont j'ai sous le pied le dandinement;
j'ai peur de ne plus aimer assez les étoiles
et les façades à peine apparues de châteaux,
d'être insensible à la nuit, à l'eau,
aux grands massifs qui montent dans le ciel,
si sombres !
et j'ai, en frémissant, laissé pendre mes ongles
pour les mouiller un peu.

Qu'y a-t-il sous ces profondeurs?
Un enlacis de plantes menaçantes
qui sont serpents et qui sont femmes
et qui veulent bercer
le pêcheur et le sportsman, les fiancés qui passent
et les entraîner vers le port secret
d'où ne démarrent plus les fins bateaux d'amour.

XI

Les Cloches

Au peintre Ch. Verbrugghe.

Ce qui fait vivre les cloches,
ce n'est pas seulement leur bronze heurté,
mais le ciel qui les environne,
le paysage sur lequel leur chanson descend;
elles vivent des rayons et des vents,
des colombes et des nuages;
elles ne seraient rien
sans la transparence de l'air et parfois sans l'orage;

elles se donnent aux cités qui les comprennent,
et elles sentent l'influence des climats :
le tocsin et l'angélus,
les cloches de Paris et les cloches rustiques,
n'ont pas les mêmes accents.

Je ne sais pas pourquoi
je rapproche les cloches de Bruges
de celles de Vintimille.

J'entends sonner sans trêve
une musique triste qui m'exile
sur le quai de Rosaire,
sur le quai Vert,
sur le quai du Miroir :
je donne du pain aux cygnes expiatoires
devant la petite maison du Pélican.
Notre-Dame et Saint-Sauveur
montent des toits pointus et des lilas en fleurs.
Voici les couvents immaculés,
pourvus de larges baies claires
par où l'on voit les canaux moroses
et la Mystique Rose
debout dans un carré de tulipes d'or.

Je tourne les volets des Memling
tandis que, par la voix du carillon,
la mer du Nord et le polder,
mêlant l'âme des moines à l'âme de Wagner,
alanguissent la douceur des ciels gris
sur les plaines infinies...

Mais aussitôt j'entends tomber sur la Roya,
du haut de clochers blanchâtres et lézardés,
des canzone de bronze clair.
Le vent alpestre les prend
sur leur acropole étagée
et les entraîne
vers la mer bleue et si vivante !
Les cloches d'Italie
annoncent le mois de Marie
aux pêcheurs dont les filets traînent
dans un immense azur
où dansent par millions
des paillettes de soleil !
Je gravis le promontoire
par-dessus l'estuaire barré d'un pont,
et les dattiers, les cyprès et les aloès
enchantent la vieille cité aérienne...

Et, sur la Riviera céleste et terrible,
je songe encore aux cloches d'Ys
que les âmes des noyés écoutent
en respirant des coquillages.

XII

En Silence

En silence, car le silence a des frissons
dont le secret dépasse le sens de la vie,
hâtons-nous vers le port strié de mâts.
Là-bas, c'est partir le vœu unanime,
c'est la mer qui s'ouvre aux étraves
et à la chanson du mousse.
Mais taisons-nous devant l'auguste immensité !
Le large est silencieux ;

parfois une aile, un cri, c'est tout;
puis le silence dansant de l'onde
continue sa mobilité éternelle.

Si nous courions sur le rivage
en jouant,
nous ne penserions pas aux naufragés.

Le Miroir intérieur

XIII

Des Femmes oubliées

Des femmes oubliées
reviennent un matin
sous des voiles noirs
vous tendre la main
sans savoir
si vous la prendrez.

On s'étonne d'elles
parce qu'elles ont changé :

certainement elles ont souffert,
elles se sont un peu défigurées,
mais elles conservent, au fond, leurs traits anciens.

Elles vous ont aimé sans rien dire
parce qu'un aveu quelquefois
enlève la chaleur que l'âme a concentrée;
et il semble qu'aussitôt n'existe plus
l'amour sans quoi l'on ne peut vivre;
et alors on garde son mal en soi-même
et l'on veille farouchement
autour de lui.

Elles vous ont aimé : on le sait maintenant
en voyant leur tristesse,
leur geste tendu avec lenteur,
avec effort,
et par le sanglot qu'elles étouffent.

Mais que faire?
Il est trop tard.
Nous nous détournons vers des paysages
ou vers de l'or,

et notre cœur n'invite pas à entrer
dans une maison où des parents malades
craignent le moindre bruit.

Nous cherchons lâchement des excuses,
des prétextes, des détours,
et nous affligeons pour toujours
celles qui nous ont aimés
et qui nous aiment encore.

XIV

Dans cette Coupe de Venise

Dans cette coupe de Venise
où depuis trois cents ans dort un soleil glacé,
je t'offre la splendeur d'un cœur triste et blessé.

Quand nous avons goûté l'ivresse
où l'éternité passe,
nous étions étonnés d'avoir longtemps dormi;
nous mêlions les rayons émanés de nos êtres,
et nous sentions la grâce
nous exalter.

Puis, comme une oiselle étourdie,
tu ne t'émouvais plus que de voir des cristaux,
ton image dans les miroirs,
des dentelles chimériques,
des joyaux de lumière,
et cette coupe que voilà.

Tu comprends l'infini, mais tu ne le sais pas;
ton esprit n'erre jamais au delà de quelques étoiles;
et tu veux n'être que nerveuse et sans pensée :
pauvre petite âme !...
Pourtant !...
pourtant l'amour un soir t'a prise :
tu as chanté,
tu as prié, et supplié les destins inconnus,
tu as consulté les présages
et regardé vers des clartés lointaines...
Tu ne connaissais plus mensonge ni haine,
tu te rafraîchissais l'âme en versant des pleurs
qui la purifiaient comme une urne sacrée.
Un dieu vivant brisait en toi des ferveurs vaines,
il se révoltait,
te projetait comme une oriflamme
dans l'azur des climats ardents;

et tu chancelais, joyeuse, vers le Mystère,
loin de la terre profanée ; —
et maintenant !...

Maintenant une horloge étroite
dans sa gaine d'ombre, a vibré
sur ton front moite :
tu reviens à toi-même,
tu t'enclos dans ta vie habituelle,
tu vis de passions et de calculs,
d'une science qui circonscrit et qui borne,
de souvenirs qu'il faut chasser
d'un geste
ainsi qu'un insecte importun ; —
et je te retrouve dans ta demeure de mortelle
où, n'ayant plus que des roses mortes,
et cette coupe que voilà,
tu t'étonnes
du vieux soleil qui y persiste
fondu
dans un reflet de lagune.

XV

La Chanson du Retour

Je t'ai si longtemps attendue
dans le soir de novembre
que je tressaillais au moindre bruit
et que la tête et le cœur me pesaient lourd,
si lourd que j'allais en mourir.

Le miroir, vois-tu,
me révèle
des cheveux blancs que tantôt je n'avais pas.

Mais voici que tu reviens
et que je suis ivre de toucher ta main furtive
et les bagues que je t'ai données :
je regarde tes yeux dans le jour trop brusque,
et tu t'asseois enfin sur l'escabeau.

Je songe encore au matin où tu m'as quitté
et aux raisons qui t'ont chassée.
As-tu senti le choc d'un autre visage
ou jalousé une amie plus heureuse en apparence?
Est-ce un rayon qui t'a tentée ou peut-être un parfum?
Tu es simplement versatile,
tu as voulu qu'un pauvre homme devînt fou;
tu as compté sur ta puissance souveraine,
calculé la portée de ton geste mortel;
et tu retournes vers ta victime encore sauve,
eh oui,
vers la constance et la fidélité !

Il faut, si tu veux que je te pardonne,
que tu regardes en face le Temps sans rives :
les misères humaines naissent des gains matériels
et des comparaisons entre nous.

Pourquoi étouffer dans un luxe qui déborde
lorsqu'un rayon de soleil matinal,
une forme d'art
suffisent au ravissement?
Va,
les plus beaux diamants de l'univers
apparaissent très loin là-haut,
même pour ceux qui vivent
de l'autre côté de la terre,
et ils ne partagent leur splendeur insaisissable
qu'avec certains yeux
où les Passions promènent des lampes bleues.

Si tu veux que je te pardonne,
ne te détourne plus vers des écrans dorés
qui te cachent la flamme des foyers
et les soleils rouges et doux dans la fenêtre ouverte;
ne tremble pas sur des trésors qu'on dérobe à main basse,
mais reprends la toile de Pénélope
restée tendue à l'antique métier,
et tourne près de moi
autour de tes fuseaux
le lin d'un désir paisible.

XVI

L'Absente

Que puis-je contre un caprice?
Il t'a fait partir un soir.
Là-bas, grimpant à l'estacade,
les navires ancrés gémissaient dans les ports,
et l'angoisse filait son fuseau triste.

Resté seul avec ton ombre,
et le timbre de ta voix déjà oublié,
j'ai pleuré vers une étoile
enchâssée dans la vitre.

La pendule inconsciente
disait que jamais ne sonne l'heure d'hier
et que c'est pourtant toujours la même heure qui sonne,
que nulle rose ne ressuscite,
que nul amour ne devient semblable à la rosée...

Moi qui t'ai tant aimée
et qui voulais te retenir,
craignant pour ta future vie si incertaine,
je sentais maintenant
toute l'immensité de nos pauvres âmes.

Oui,
lorsque les cœurs des hommes vibrent,
ils sont comme les cloches qui s'entendent au loin;
alors les femmes
devraient se mettre à genoux
comme à l'heure tendre des angélus,
et prier
pour garder le grand frisson qui les protège !

XVII

La Pinède embrasée

Comme marchent sur les océans ardents
les Titanics illuminés,
et de même que la baie de Naples
répercute l'étincellement du Vésuve,
parfois de paisibles montagnes brûlent.

C'est au cœur de l'été :
à force d'être épuisées
par de trop longs jours de soleil,
les forêts se livrent au feu !

Alors, lui qui fait la lampe si douce,
il s'enivre follement de buissons et de branches;
il se propage en tourbillons
cependant que le vent
est le démon subtil d'un enfer mouvant
qui ruisselle aux creux des vallées;
et tant qu'un arbre est là pour être sa victime,
la flamme l'immole en laissant partout des vides noirs !

Pauvre forêt si belle et maintenant en cendres !...
Elle dressait hier encore
ses grands pins fastueux !
elle avait la force des chênes augustes
l'or millionnaire des genêts,
les thyrses brodés des bruyères,
et tant de nids où sont morts les geais !
Elle régnait sur son ombre féconde,
mais aujourd'hui sa désolante misère nue
étale un drap mortuaire au soleil.
Si quelques feuilles n'ont pas voulu disparaître,
c'est un or éteint, épuisé,
qu'elles élèvent honteuses dans l'azur.
Plus d'oiseaux ni de fleurs ni d'insectes :
les feuilles qui restent ont l'air

d'amoureuses poitrinaires
qu'on délaisse par peur.

La pinède est brûlée;
elle fut une heure durant,
dans une belle nuit fumante,
un immense rubis dont la lune
mirait les hauts rayons de sang !
Il ne reste qu'un souvenir de ses dômes verts
et de ses fines aiguilles
par où transparaissait la mer
lorsque le beau pays romain et son clair rêve
formaient un écrin infini
aux émeraudes vivantes qu'elle agitait !...

La pinède embrasée
est éteinte :
son âme d'encens est montée aux Dieux :
elle a perdu ses cigales sonores,
sa résine suave et les pommes de pin
qu'à leurs sceptres portaient les prêtres de Cybèle.
Pauvre forêt si belle !
Je reconnais en elle
mon cœur solitaire et dévasté par l'amour...

XVIII

Ludus pro Patria

Pour Marcel Beaugé.

On voit des sapins dans les Vosges
qui sont tous des arbres de Noël
avec leurs grands rameaux qui pendent, solennels,
au flanc de la montagne.

Criblés de soleil ou chargés de neige,
ils épandent leur ombre auguste
sur les soldats et sur les morts.

On voit des sapins qui ressemblent à des veuves,
à des patriarches,
à des gens qui ont vieilli et souffert
et qui pleurent
lorsque l'extinction des feux
sanglote
dans la nuit d'hiver.

On voit des sapins qui sont frères
des cyprès toscans ou romains
tant ils sont hauts et fins et noirs !
Oh ! ceux du parc de Lunéville
où, dans son blanc médaillon de marbre,
survit Charles Guérin !
Ils gardent l'air d'avoir son âme,
et de porter l'ample ruban
de moire noire
noué sur le front des filles d'Alsace.

En passant sous leurs branches basses,
où t'en vas-tu, petit soldat ?
Je sais que tu poursuis ton rêve de victime
ou de héros.
Je sais que les sapins élèvent ta pensée vers une étoile !...

Va-t-en vers ta chimère,
petit soldat de crépuscule.
Tandis que ta démarche ondule
sur le pavé désert,
écoute, écoute,
une chanson de route,
un hennissement furtif,
un grondement de canon, une balle
qui siffle dans la rafale,
et songe que la mort est belle en combattant !

Tu veux te faire âme des fleurs et des récoltes ;
tu te seras donné ;
tu auras une palme d'or ;
et si tu dors sous les sapins
où te plaindra la hulotte,
apparu dans l'orfroi des aurores
à la pointe de son clocher,
le coq gaulois
regardera sa terre intacte !

XIX

A Polymnie

Aucune figure de marbre,
ô douce Polymnie,
ne m'a fait penser aussi longuement que toi.

Le menton s'appuyant sur tes doigts repliés,
tu penches dans l'ombre du Louvre
ton image diaphane
où il semble que, sous la matière,
coule un sang pâle,
et que les vents de l'atmosphère antique

créée par tant de dieux assemblés près de toi,
veuillent mais en vain
déranger les plis harmonieux qui t'enserrent !

Lorsque je te regarde,
je veux, avec jalousie, savoir
qui t'a si divinement conçue.
Nul écho hélas !
n'emporte à travers les âges
un nom qu'il faut accuser la gloire
d'avoir injustement banni.

Cependant parmi les Vénus aux beaux torses,
et aux mamelles offertes,
dures comme des coupes,
tu t'enveloppes avec tant d'élégance dans ta robe
que, paraissant plus humaine,
tu réalises la forme définitive
d'une Muse simple et chaste
s'absorbant dans un rêve
à tes yeux plus important que jeux au soleil !

Tu as dû néanmoins chercher de quel azur
bleuter les ailes de tes Victoires,
de quel or réchauffer les voiles de tes navires !

Devant toi, évoqués dans les Elysées du souvenir,
marchent de jeunes poètes laurés d'or.
Ils touchent leurs lyres frémissantes
à l'heure où, s'enivrant des ardeurs de l'été,
mille cigales chantent éperdument
l'hymne athénien que tu leur appris.

O Polymnie, je ne me sens pas homme
à faire retentir de mon orgueil
ni l'espace ni le cœur des foules,
mais j'ai souvent réfléchi au bonheur
qu'éprouvait ton statuaire
de te pétrir
et de laisser tomber sur le monde,
d'un geste solitaire,
la merveille que tu es !

XX

Poèmes

I

Elisabeth d'Autriche a voulu voir
Notre-Dame de Paris
jaillie
la nuit
dans le clair de lune,
toute l'église fantastique sur le ciel en festons noirs !

Or, comme en dénombrant au hasard les chimères,
l'Impératrice a reconnu la sienne :

Isolé, fixe au bord d'un balcon fleuronné
par un artiste
naïf de corps et d'âme,
penchait un animal des forêts,
le lynx souple ou le loup maigre et triste.

Par les longs quais déserts où s'attarde du peuple vil,
Elisabeth allait sans escorte et sans gloire;
la Seine lente la touchait de sa moire,
Esméralda dansait
dont le collier subtil
balançait un rayon de morte pensée;
la lune suintait au creux d'un nuage blessé,
si seule, si malheureuse d'être seule
et de n'être qu'un exil souffreteux de soleil !
mais elle devenait le ciseleur vermeil
qui sculpte mieux le rêve aux doigts de la magie;
et le cœur de l'Errante
s'y formait chastement,
mirait la fine flèche aiguë

et les deux tours massives
debout sur les vieux ponts dormants !...

Oh ! qui n'a pas aimé, le soir, la sombre cathédrale
violette comme une fleur ?...

XXI

II

A Jean Raudin.

Maintenant que, jalousés des Dieux,
les hommes vont dans l'azur suprême,
J'attends qu'ils viennent me dire :
— Nous avons vu la volupté des Morts.

Ulysse n'avait que sa trirème
pour conquérir la mère de Vénus;
Dante, descendant aux Enfers
n'avait pour s'appuyer que le bras de Béatrice :

Nul ne montait de ceux qui furent les Génies !
nul n'explora l'éther !...

Or, la matière est délivrée.
Voici la gloire humaine
unie à la couronne des marbres ;
Icare renaissant, magnifique et léger,
ne tombe plus ;
il donne aux vierges amoureuses
une fleur d'oranger
qu'il cueillit au jardin scintillant d'une étoile
vers laquelle il emporte, à coups d'ailes,
le miracle charnel !

O mon âme ! une fois que, sur des lits parfumés,
ma dépouille ayant contenté
les tarières de l'agonie,
sera moins qu'une fibre.
et dormira plus lourdement
qu'une chose inerte et encore utile,
alors que tu n'auras plus que l'inconsistance d'un rayon,
ô mon âme !
tu accompagneras ta sœur, l'oiselle humaine !

Tu devras cependant la laisser en chemin
pour monter, toi, plus haut et vers plus de lumière.
Tu voleras avec les ailes subtiles de l'esprit;
puis un jour
tu descendras de tes voyages dans l'espace
pour te reposer sur les maigres fleurs
ornant le tertre qui cachera
ma forme décolorée,
et là,
sur mon cœur immobile,
tu verseras
la grâce du Seigneur.

XXII

III

Petites boules d'or, petites palmes,
c'est le parfumé mimosa d'exil :
Sous le ciel de Paris il a, innocemment,
fermé ses yeux attristés par la pluie;
et le calorifère
l'importunait.

Ah ! il aurait voulu, pauvre hère,
revoir son lumineux pays,

les calanques bleues,
les voiles des tartanes
qui font du cabotage autour de l'Estérel !...
Mais
il ne les retrouvera jamais
les joies de sa côte enivrée,
ni l'eucalyptus, son ami,
qui le défendait
de ses yatagans,
ni encore le moussaillon d'Agay
qui jongle avec des amulettes de corail
et qui coupait au hasard des branches
le brin de mimosa qu'il fixait le dimanche
en guise de pompon
à son accordéon
de bazar.

Comme allonge ses pattes velues
un insecte mort,
le mimosa d'exil s'étend et se recroqueville,
puis il s'éteint
tuberculeux et sans famille,
dans une coupe merveilleuse
où dormit la lampe d'Aladin.

XXIII

IV

Parle-moi. Dis-moi ton âme obscure, ami.
Tu cherches le sens de tant d'idées mobiles.
Tu veux reposer ta conscience fugitive,
savoir si tu es bon !...
Ah ! écoute, voici
le chemin bordé de myrtes
où le pas languit.
Prends par ici. Laissant la route aux foules

folles de s'enivrer de vitesse et de bruit,
tu vas comprendre un évangile,
quel ordre social est conforme à ta raison
et quelle religion est propre à te consoler.
Tu les reconnaîtras à leurs frugals apôtres
Tu verras le soldat sourire à l'illégal,
le prisonnier pleurer de remords et de honte,
et le malheur humain d'où l'espérance monte
jusqu'au delà de la banale mort.

Mais écoute-moi cœur à cœur :
Tu sais tout ce que vaut un véritable ami,
un ami que nul intérêt ne pousse,
que ne tare nulle convoitise,
que n'excite nul méchant dessein.

Et tu vas, toi, grand triste, te surprendre à chanter.

XXIV

Le Fumeur d'Opium

Au peintre Ludovic Chauviac.

Doucement allongé dans sa robe de soie,
l'homme dont je redoutais d'avoir les rêves
murmura sous sa grande lanterne trouble
comparable à un œuf d'or :

— Pourquoi ne pas mourir quand je veux ?
Elle te fait l'air, à toi, d'un cobra venimeux,
ma longue pipe avec son foyer au milieu,
ouvert comme un œil de pieuvre ?

Tu trouves qu'il est sain d'être musclé
et de courir après des ballons qui bondissent;
d'être froid, cruel et borné,
matériel !...
Ah ! non, laisse-moi caresser ma pipe,
mon cobra, et laisse briller son œil de pieuvre !
Va,
l'heure sonne clair et je ne compte pas ses coups,
je sens qu'elle est factice et décevante :
La faulx que le Temps porte dans ses bras est un jouet.
Le blé lève : la tiédeur du printemps fait éclore
l'épi qui mûrit et ondule :
La faulx que l'Homme porte dans les bras est un jouet.
La Mort s'est prélassée au fond d'un jeu de cartes,
elle a tranquillement dansé sur le gazon
et dosé mon poison :
la faulx que la Mort porte dans les bras est un jouet.

Je veux être le taillandier
qui les façonne et les affile,
ces faulx subtiles
sur lesquelles ricochent des soleils noirs !

Je ne fume que pour dormir dans l'infini !...

XXV

Les Heures de la Vie

It is the first mild day of March
Each minute sweeter than before;
The linnet sings beside the larch
That stands before the door.

(Wordsworth).

Les heures de la vie reviennent
à l'ordre précis des soleils.

Un matin des premiers jours de mars,
quand la nature est encore incertaine,
je revois sur la ville obscure
des fumées,
mille fumées

— 91 —

qui ne savent comment se diriger,
et qui, sur le sommet bleuâtre des maisons,
tournoient chacune à leur guise,
lentement,
pour tamiser les clartés latentes
et les premiers frissons chauds
mêlés parfois à des flocons de neige.

Là-bas, c'est comme un infini :
des maisons, des milliers de maisons, puis des plaines,
ce que la ville enferme de prodigieusement vivant,
et, plus loin, ce que la campagne,
malgré les trains qui fuient,
possède d'absolue tranquillité.

Je reconnais dans cet espace
la sérénité
et la force invincible des dieux sûrs.

C'est Paris, un Paris bleuâtre et fumant
qui penche
comme un ramier
cherche l'essor
en soulevant ses ailes...

Et devant le miracle qui fermente,
des larmes me montent du corps,
de très bas
comme des notes tristes
s'élèvent des guitares profondes.

Le ciel cependant reste neutre comme la robe d'une
[ouvrière
qui porte un bouquet de violettes :
Je m'abandonne à des puissances vagues,
aux germinations mystérieuses,
aux attouchements charnels de l'air et de la glèbe,
aux insectes enlacés,
à la vigueur des oiseaux,
aux fumées vivantes que le vent rabat...
Et les dieux qui sont nés de la terre au soleil
travaillent à la sève, aux bourgeons et aux larves;
et mon rêve les suit dans un rayon d'or pâle
qui descend
tout en bas dans la rue,
obliquement,
illuminer un chariot de fleurs.

XXVI

Vases

J'ai rêvé de vases aux courbes subtiles,
aux flancs revêtus de cernes fondus :
ils semblaient s'émaner de siècles révolus
et naître à peine pour les ivresses futures.
Or, c'étaient des choses éternelles
ainsi que la Pensée et l'Art !

Ils se posaient, alanguis, sur des meubles rares,
avec un rayon sur la panse,

et ils regardaient le Temps
qui marche
en balançant une lentille d'or.

Ces compagnons discrets et ces témoins inertes
mais dont la douce forme, la noble attitude,
le coloris profond, allaient jusqu'à mon cœur,
avaient l'air de dormir à l'ombre de musées,
au fond de palais déserts,
contre des murs ciselés de Louvre,
sous des plafonds versaillais peuplés de dieux !

Ils voisinaient avec la lampe de Psyché
et l'arc de Cupidon,
avec l'urne qu'aimait Electre fraternelle,
avec l'amphore d'une femme fellah
et la coupe du roi de Thulé.

Ils avaient pour amis les vases angéliques
peints pas Sandro entre l'Ange et Marie,
et d'où montait très fin, très haut,
le Lys mystique !

Ils avaient pour amie une vasque d'étain
posée sur une tombe de jeune femme antique,

et pour frères,
les brûle-parfums d'Ispahan
qui tentent les mains des bayadères.

Quand les courtisanes et les danseuses
voulaient boire de leurs eaux rafraîchies,
ils sentaient sur leurs cols
pour les soulever jusqu'aux lèvres des amoureuses,
des doigts d'éphèbes extasiés...

Et une joueuse de flûte y plongea des tiges de roses.

7

XXVII

Bucolique

Petit Amour dépaysé
que j'ai connu ivre de bourgeons,
dis-moi la mousse de ton front,
le chèvrefeuille par tes cornes déchiré.

Parce que tu es un petit Amour
issu d'un Faune et d'une Naïade
je veux que tu me sautes au cou
et que tu croises tes pieds derrière mon dos.

Reste contre moi, tout chaud et tout vibrant, ô mon petit
[Amour,

petit voleur, petit cueilleur de pampres
et mangeur de grappes.
Donne-moi ton rire,
ton rire de jeune dieu,
ton rire ravi,
ton rire de bonheur.

Et je danserai sous un grand pin rond.

XXVIII

L'Aspidistra

Rendre cela ! rendre cela !....
Un aspidistra
épanoui dans un angle
avec ses ombres qu'envoie sur le mur vert,
dans le silence, une lampe électrique.

Rendre cela !...
Le cache-pot est d'un bleu de nuit,
et sa vasque s'entoure d'un filet d'or.

Et les larges feuilles de l'aspidistra
se cambrent, s'écartent, se lissent, s'exaltent.

Il y a là toute la quiétude du vert des feuilles
qui dorment sur le papier vert du mur,
comme les chattes
aux nerfs las,
roulées sur les pianos dont la noirceur brille.

Rendre cela, oh ! rendre cela !...
Il n'est ni mots ni palette !
Ce sont des rêves très verts
de feuilles oblongues courbes
en haut de leurs tiges étroites.

Les plantes ont la magie d'être mortes.
Elles ne disent rien.
Elles sont luisantes.
Elles ont des ombres enchevêtrées.

XXIX

La Cigale morte

A ma Mère.

En brisant une cigale morte,
j'ai trouvé dans son corps deux obliques miroirs
qu'un arc-en-ciel intérieur
colorait faiblement.

Je crois savoir maintenant
pourquoi les cigales crécellent
en s'absorbant contre de l'écorce tendre,
perdues dans l'ombre des feuillages chauds :

elles portent en soi-même
une lumière d'âme.

La cigale qui dort quatre ans dans la terre
avant de s'épanouir à la vie libre,
de donner sa chanson durant quelques semaines,
puis de s'éteindre pour toujours,
n'est-elle pas une sœur vivante et musicale
de diamants restés ensevelis?

En brisant une cigale morte,
j'ai regretté mes cigales enfantines.
Chaque été encore,
elles enchantent mon vieux Bagnols
tassé contre l'Estérel rouge
selon l'arrangement
des villages de Corse ou d'Italie;
elles cymbalent dans les chênes-lièges
et dans le poudroiement argenté
des oliviers alourdis de chaleur.

Une d'elles parfois
se fixe ingénument

parmi les rayons d'un cadran solaire
comme pour prolonger dans le temps même
sa vision de l'ivresse universelle;
et, bien après l'août torride,
dans les journées blondes de Toussaint,
l'ombre tourne
autour d'une cigale morte...

XXX

Le Banjo

Le banjo sonne, avec sa voix dolente de nègre,
une musique lourde et un peu sauvage
qui évoque des plantations d'ananas
et de caféiers.

Je l'entendais dans les brouillards de Londres
auxquels il mêlait une haleine chaude
comme un souffle de geyser.
C'était alors un esclave, un exilé,

lançant une adoration vaine
vers le soleil du tropique !

Mais, à cette heure,
dans la véranda où s'exaltent les lataniers
et les dards sanglants et singuliers de l'anthurium,
le banjo retrouve sa flore.

Il sait maintenant des airs aristocratiques,
mais il les joue avec son âme primitive,
avec les résonances de son tambour de cuir
puériles sur les fils argentés.
Son écho profond,
ses tremblements passionnés,
son humour qui danse,
sont parfumés
de la volupté des négresses amoureuses;
ils secouent les foulards de couleurs violentes
qui enserrent leurs cheveux crépus,
et les bijoux de cuivre
qui percent leurs narines.

Banjo sentimental et lascif
qui enchantes les cases,

ta voix court doucement sur le monde,
elle pénètre la cloison formidable des nuits
et constelle de chansons naïves
les silences avares.
Si la guitare espagnole étouffe d'étreintes d'âmes,
si elle a pris dans son bois la force des forêts,
dans sa fibre de chat la passion nerveuse,
les sanglots de sa bouche creuse
éveillent seulement
des Barcelones et des Murcies
où les faibles palmes d'Europe
se penchent sur une mer bleue,
froide parfois.

Mais toi,
ô banjo ardent
qui chantes un amour étrange et beau :
l'enlacement des reptiles dans la jungle,
les frénésies des félins et des fauves,
et les nostalgies de lumière,
et les océans phosphorescents,
et les aras qui étincellent !...
tu es le rustique berceur des cœurs languissants
que l'équateur accable

le soir,
lorsque, traversant les étoiles,
va se perdre,
jailli jusqu'à l'infini,
le panache du cocotier !

TABLE DES MATIÈRES

8

II. DE L'OR SUR LA PROUE

III. LE MIROIR INTÉRIEUR

Il a été tiré de cet
ouvrage 25 exemplaires
sur vélin pur fil Lafuma
numérotés de 1 à 25.

———————

IMPRIMÉ POUR
LES ÉDITIONS DE
"LA CARAVELLE"
— Le Livre et l'Image —
SUR LES PRESSES DE
L'IMPRIMERIE D'ART
" LE CROQUIS "
6, RUE BEZOUT, 6
P A R I S